Charles Dickens

PARA TODOS

David Copperfield. Baseado na história original de Charles Dickens, adaptada por Philip Gooden. Sweet Cherry Publishing, Reino Unido, 2022.

Dados Internacionais de Catalogação na Publicação (CIP)
Angélica Ilacqua CRB-8/7057

Gooden, Philip
David Copperfield / baseado na história original de Charles Dickens, adaptação de Philip Gooden ; tradução de Ana Paula de Deus Uchoa ; ilustrações de Santiago Calle, Luis Suarez. -- Barueri, SP : Amora, 2022.
96 p. : il.

ISBN 978-65-5530-419-0
Título original: David Copperfield

1. Literatura infantojuvenil inglesa I. Título II. Dickens, Charles, 1812-1870 III. Uchoa, Ana Paula de Deus IV. Calle, Santiago V. Suarez, Luis

22-4820 CDD 028.5

Índices para catálogo sistemático:
1. Literatura infantojuvenil inglesa

1ª edição

Amora, um selo da Girassol Brasil Edições Eireli
Av. Copacabana, 325, Sala 1301
Alphaville – Barueri – SP – 06472-001
leitor@girassolbrasil.com.br
www.girassolbrasil.com.br

Direção editorial: Karine Gonçalves Pansa
Coordenação editorial: Carolina Cespedes
Tradução: Ana Paula de Deus Uchoa
Edição: Mônica Fleisher Alves
Assistente editorial: Laura Camanho
Design da capa: Pipi Sposito e Margot Reverdiau
Ilustrações: Santiago Calle e Luis Suarez (Liberum Donum Studios)
Diagramação: Deborah Takaishi
Montagem de capa: Patricia Girotto
Audiolivro: Fundação Dorina Nowill para Cegos

Impresso no Brasil

GRANDES CLÁSSICOS

DAVID COPPERFIELD

Charles Dickens

amora

David vai para a escola

David Copperfield não conheceu o pai, que morreu seis meses antes de seu nascimento. Clara, sua mãe, sentiu muito a falta do marido e não queria criar David sozinha.

Mãe e filho moravam em uma pequena vila em Suffolk. Por sorte, eles tinham uma criada gentil e prestativa.

Ela também se chamava Clara, como a mãe de David. Por isso, todos a chamavam pelo sobrenome, Peggotty.

Quando David ainda era pequeno, um homem bonito, mas bastante rígido, começou a visitar sua mãe. O nome dele era Sr. Murdstone. E o menino não gostou muito dele.

Um dia, Peggotty disse a David que ia levá-lo para conhecer o irmão dela, que morava em Yarmouth, uma cidade no litoral.

Não pararam na cidade e, pelo caminho, eles passaram em meio a estalagens de barcos e fabricantes de cordas, e logo chegaram à praia.

— Ali é a casa do meu irmão — disse Peggotty.

David não conseguia ver nada além da linha prateada do mar no horizonte e o que parecia ser um grande barco de madeira, de cabeça para baixo.

Ao se aproximarem do barco, David viu uma chaminé de ferro no telhado, de onde saía fumaça. O barco também tinha uma espécie de varanda na entrada e algumas janelas abertas nas laterais.

Por dentro, o lugar era cuidadosamente limpo, confortável e aquecido. David e Peggotty foram recebidos pelo irmão da criada e ficaram por duas semanas no barco de cabeça para baixo. Foram as primeiras férias de David. Ele amou cada minuto!

Na volta, quando chegaram ao portão de casa, Peggotty colocou o braço no ombro de David. Ela parecia nervosa.

— Peggotty — disse David. — Qual é o problema?

— Problema nenhum. Deus o abençoe, David — ela respondeu.

Por que a mãe de David não foi encontrá-los no portão como costumava fazer? David decidiu perguntar.

— Alguma coisa está acontecendo, tenho certeza — disse ele. — Onde está a mamãe?

— Bem, querido, eu realmente deveria ter contado antes... — disse Peggotty.

— Contado o quê, Peggotty? — perguntou David, um pouco assustado.

— Você tem um pai! Um novo pai. Venha ver.

— Não quero conhecer ninguém. — David respondeu emburrado.

Mas David não teve escolha. Peggotty o levou direto para a sala de estar. De um lado da lareira estava sua mãe. E, do outro, o sr. Murdstone, o *novo pai*.

~

David não gostou de ter Edward Murdstone como padrasto. De alguma forma, agora havia menos espaço para ele na casa. Mas, pelo menos, ele ainda podia ler. Sempre que se sentia infeliz, o menino fugia para dentro das páginas de um livro.

Naquela época, era comum as crianças serem alfabetizadas em casa.

O sr. Murdstone estava determinado a fazer David aprender as coisas de forma correta. E o garoto teve que ler longas páginas de livros escolares para recitá-los depois, de memória. Se não conseguisse, teria uma punição.

Certa vez, David teve que memorizar uma lição de história. E a mãe pegou o livro para fazer perguntas e para testar sua memória.

O sr. Murdstone estava sentado em um canto, fingindo ler. Mas ouvia e observava tudo.

Primeiro, David trocou o nome de alguns reis já falecidos.

O sr. Murdstone levantou os olhos.

Em seguida, David não conseguiu se lembrar da data de uma batalha.

Se tivesse coragem, a mãe teria dado a resposta a ele. Em vez disso, ela preferiu dizer com muita doçura:

— Oh, David, David!

— Clara — interrompeu o marido. — Seja firme com o menino. Não diga: "Oh, David, David!" Isso é infantil! Ou ele sabe a lição ou não sabe.

— David, tente mais uma vez, por favor — disse a mãe.

Mas, quanto mais tentava, mais confuso David ficava. A mãe então sussurrou a data para ele. Só que o sr.

Murdstone percebeu e, muito sério, advertiu:

— Clara!

Murdstone se levantou da cadeira, pegou o livro de história da mãe de David e o jogou em cima do menino.

O pior veio depois.

David errou as respostas várias e várias vezes. Finalmente, depois de outra resposta errada, o padrasto decidiu introduzir o conhecimento no garoto de forma mais radical.

Ele segurou a cabeça de David com uma das mãos e, com a outra, ergueu uma vara pronto para bater nele. David girou, pegou a mão que segurava sua boca e a mordeu com força.

Furioso, o sr. Murdstone bateu em David com mais força ainda. Depois de espancá-lo, trancou David no quarto. Por cinco longos dias, ele não viu nada além das paredes de seu quarto. E estava preocupado com o que iria acontecer. David nunca tinha machucado ninguém antes. E com certeza nunca tinha mordido ninguém. Será que ele iria para a cadeia?

No sexto dia, David descobriu que seria mandado para o colégio interno.

Isso era bem ruim. Pior ainda é que sua mãe também acreditava que ele era um menino maldoso. Todos acharam melhor ele sair de casa.

Ele seguiu de ônibus para Londres. Lá, foi recepcionado por um professor da Salem House, sua nova escola.

Salem House era um lugar que dava arrepios. Não era fácil viver lá. O diretor se chamava sr. Creakle e adorava castigar os meninos. Batia neles com uma régua ou uma vara se errassem até o menor dos detalhes.

Para piorar, David foi obrigado a usar um aviso nas costas, que dizia: "Cuidado. Ele morde".

David Copperfield estava sendo tratado como um cachorro raivoso. E se preocupava com o que as pessoas pudessem pensar, mas, felizmente, fez amigos na escola.

David sempre gostou de ler. E na Salem House ele recontava as histórias que tinha lido em casa.

Os outros meninos adoravam ouvir tudo em detalhes.

Depois de algum tempo, chegou a terrível notícia de que Clara, a mãe de David, havia morrido.

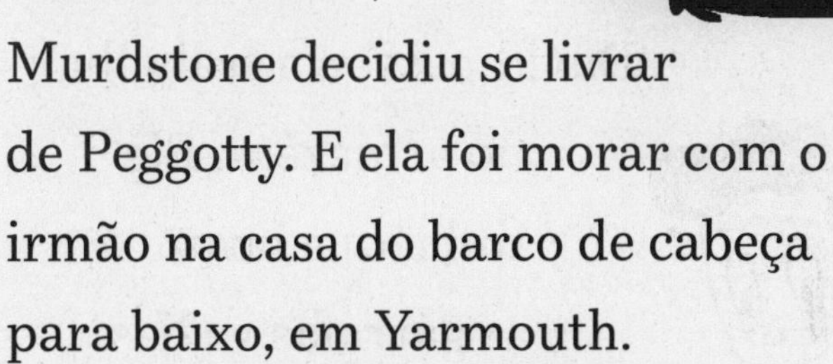

Quando voltou para casa para o funeral, a única pessoa que o consolou foi Peggotty.

Mas, com a morte de Clara, o sr. Murdstone decidiu se livrar de Peggotty. E ela foi morar com o irmão na casa do barco de cabeça para baixo, em Yarmouth.

Parecia que o sr. Murdstone planejava se livrar de David também e resolveu não mandá-lo de volta à escola, que era cara, e o colocou para trabalhar.

David vai trabalhar

David Copperfield estava agora com doze anos. Seu padrasto vendia vinhos para os navios que partiam do porto de Londres.

David passou a trabalhar no armazém. Ele tinha que lavar as garrafas vazias para que fossem reutilizadas.

Era um trabalho chato e solitário. David só pensava nos amigos que fizera na escola. Agora ele estava morando com a família Micawber.

O sr. Micawber era um homem alto, careca, e sua cabeça parecia um ovo. A esposa dele era muito magra e eles tinham quatro filhos pequenos.

Os Micawbers eram muito pobres, por isso ficaram felizes em ter David como hóspede pagante em sua humilde casa. O sr. Micawber estava sempre esperando que a sorte da família melhorasse, mas isso nunca acontecia.

Ele não sabia administrar bem o dinheiro.

Mas ele era gentil com David. Era quase um pai para ele.

Um dia, os Micawbers decidiram deixar Londres para ir para Plymouth, a cidade natal da sra. Micawber. Eles achavam que lá as coisas seriam melhores para a família.

Os únicos amigos que David tinha em Londres estavam indo embora. Ele ainda odiava lavar garrafas, então decidiu deixar a cidade também.

David lembrou que seu verdadeiro pai tinha uma tia chamada Betsey Trotwood. Se fugisse, ela talvez o aceitasse.

Mas onde ela morava?

David escreveu uma carta para Peggotty. Ela respondeu e disse que a srta. Betsey morava em Dover.

David partiu de Londres quase sem dinheiro.

Ele precisou vender o colete e depois a jaqueta para comprar comida e bebida.

Por sorte era verão, e ele podia dormir ao ar livre sem sentir muito frio.

Depois de muitos dias de viagem, David chegou a Dover. Ele teve que perguntar a várias pessoas onde a srta. Betsey Trotwood morava até chegar num pequeno e aconchegante chalé de frente para o mar.

Parado do lado de fora do portão, David sabia como estava sua aparência. Seus sapatos tinham se desfeito depois de quilômetros de caminhada. A camisa e as calças estavam sujas de grama e lama por ele ter dormido ao ar livre. Ele estava coberto da cabeça aos pés com a poeira da estrada.

De dentro da casa saiu uma mulher. Ela usava luvas de jardinagem e carregava uma faca. Ao ver David no portão, gritou:

— Vá embora! Não quero meninos de rua aqui.

Ela se agachou para desenterrar uma erva daninha com a faca.

Com o coração na boca, David entrou no jardim. Ele ficou ao lado dela e a tocou com o dedo.

— Por favor, senhora...

Ela deu um pulo, surpresa, e olhou para cima.

— Por favor, tia, sou seu sobrinho-neto.

— Oh, Senhor! — disse Betsey Trotwood. Ela então se sentou no chão.

~

A tia Betsey pode ter parecido brava, mas ela tinha um bom coração. Mesmo assim, David estava preocupado, pois ela decidira escrever para o sr. Murdstone. Agora o padrasto sabia onde ele estava!

Sem surpresa nenhuma, poucos dias depois, o sr. Murdstone apareceu no aconchegante e pequeno chalé que dava para o mar.

— Ele se perdeu ao fugir do trabalho, srta. Trotwood — disse Murdstone. — Estou aqui para levá-lo de volta.

— E o que será que o menino acha? — ela perguntou. — Você quer voltar, David?

David implorou à tia Betsey que não o mandasse de volta ao depósito de lavagem de garrafas.

— Pronto, já tem sua resposta, sr. Murdstone — respondeu Betsey.

O sr. Murdstone pareceu zangado.

— Muito bem, eu lavo minhas mãos em relação a esse menino — disse ele, dando as costas e se afastando do chalé.

DAVID VOLTA PARA A ESCOLA

Betsey Trotwood adotou David Copperfield. Ele foi para uma nova escola, perto da Catedral de Canterbury. Era um lugar muito melhor do que a Salem House.

Enquanto frequentava essa escola, David morava na casa de um amigo de Betsey, que era advogado e se chamava sr. Wickfield. Ele tinha uma filha chamada Agnes, que tomava conta da casa. Ela cuidava do pai desde que sua mãe tinha falecido.

O sr. Wickfield também tinha um assistente de quinze anos, cujo nome era Uriah Heep. Ele ajudava o advogado com tudo, até cuidou do pônei cinza da tia Betsey quando ela veio de carruagem visitar o amigo.

David ficou impressionado com a aparência estranha de Uriah. Ele era magro como um esqueleto, com

o rosto comprido e braços e pernas ossudos. O cabelo ruivo era cortado bem baixinho.

Uriah muitas vezes se referia a si mesmo como sendo "o humilde" e falava que pessoas como o sr. Wickfield eram boas e gentis para ele.

Mas algo na maneira como ele falava fez David pensar que Uriah estava escondendo alguma coisa.

Às vezes, Uriah fingia estar impressionado com o que David dizia e anotava em um caderninho preto que carregava.

Uriah morava com a mãe. Ele implorou a David para visitar sua casa para tomar chá. A velha sra. Heep se parecia com Uriah.

Ela também gostava de dizer que era muito humilde. Mas David sentiu que ambos estavam tentando descobrir alguma coisa sobre ele.

David ficou feliz em ir embora da casa dos Heeps. Na rua, ficou surpreso quando ouviu alguém dizer:

— David Copperfield! É você mesmo?

Era o sr. Micawber. David ficou muito feliz ao vê-lo.

Os Micawbers não se deram bem em Plymouth e também tentaram a sorte em Canterbury. Mas as coisas não melhoraram, e eles estavam de mudança mais uma vez. David ficou feliz em rever seus queridos amigos.

Os anos se passaram. Pela primeira vez na vida, David estava gostando da escola. Ele e Agnes Wickfield ficaram mais próximos, até se tornarem melhores amigos. Agnes disse a David que estava preocupada com o pai, que andava bebendo demais. E também temia que Uriah Heep tivesse influência sobre ele. Seus medos eram muito verdadeiros.

David vai para Londres

Tia Betsey sugeriu que David se tornasse advogado. Ela se ofereceu para apresentá-lo a um advogado em Londres.

David não sabia se era bem isso que ele queria, mas não tinha outra opção e queria agradar a tia.

Ele começou a trabalhar como assistente em uma empresa perto da Catedral de São Paulo. A tia estava pagando para ele aprender a nova profissão.

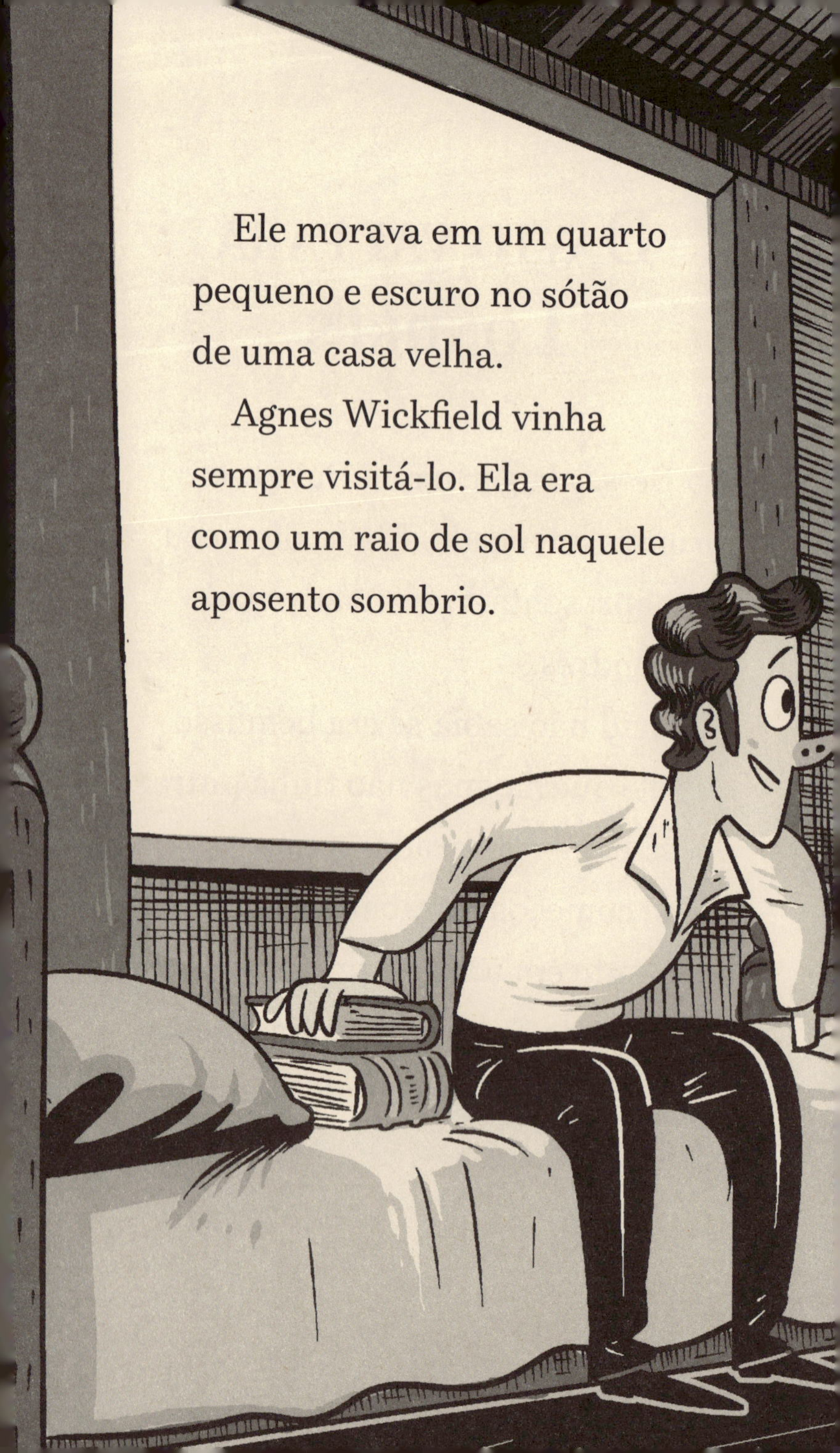

Ele morava em um quarto pequeno e escuro no sótão de uma casa velha.

Agnes Wickfield vinha sempre visitá-lo. Ela era como um raio de sol naquele aposento sombrio.

Um visitante muito menos bem-vindo era Uriah Heep, que dizia ser humilde demais para estar na nova casa de David. Mas o que realmente ele queria era falar sobre os Wickfields:

— O sr. Wickfield tem sido muito imprudente e descuidado.

Uriah fingia parecer desconfortável com o que dizia, mas, na verdade, não conseguia esconder que na verdade estava feliz com aquilo.

David pensou no que Agnes dissera sobre o pai.

O sr. Wickfield era um bom homem, mas estava velho e bebia demais.

— Qualquer pessoa, com exceção de alguém simples e humilde como eu — continuou Uriah — já teria o sr. Wickfield em suas mãos.

Uriah Heep estendeu a mão ossuda e pressionou o polegar na mesa.

Então ele continuou:

— Copperfield, posso confiar em você para guardar um segredo?

David estava com medo do que Uriah iria dizer...

— Sempre venerei o chão que a srta. Agnes Wickfield pisa — disse Uriah. — Ela é muito próxima do pai e acredito que um dia ela será próxima de mim. Ela será tão humilde quanto eu.

Ficou claro para David que Uriah estava usando sua influência sobre o sr. Wickfield para chegar até Agnes. Ele parecia estar planejando se casar com ela. Aliás, ele já a chamava de "minha Agnes", como se tudo estivesse arranjado e resolvido.

David quis bater em Uriah, mas se controlou. Ele simplesmente acenou com a cabeça e apertou a mão do visitante para dizer adeus. A mão de Uriah estava úmida e pegajosa como a pele de um sapo.

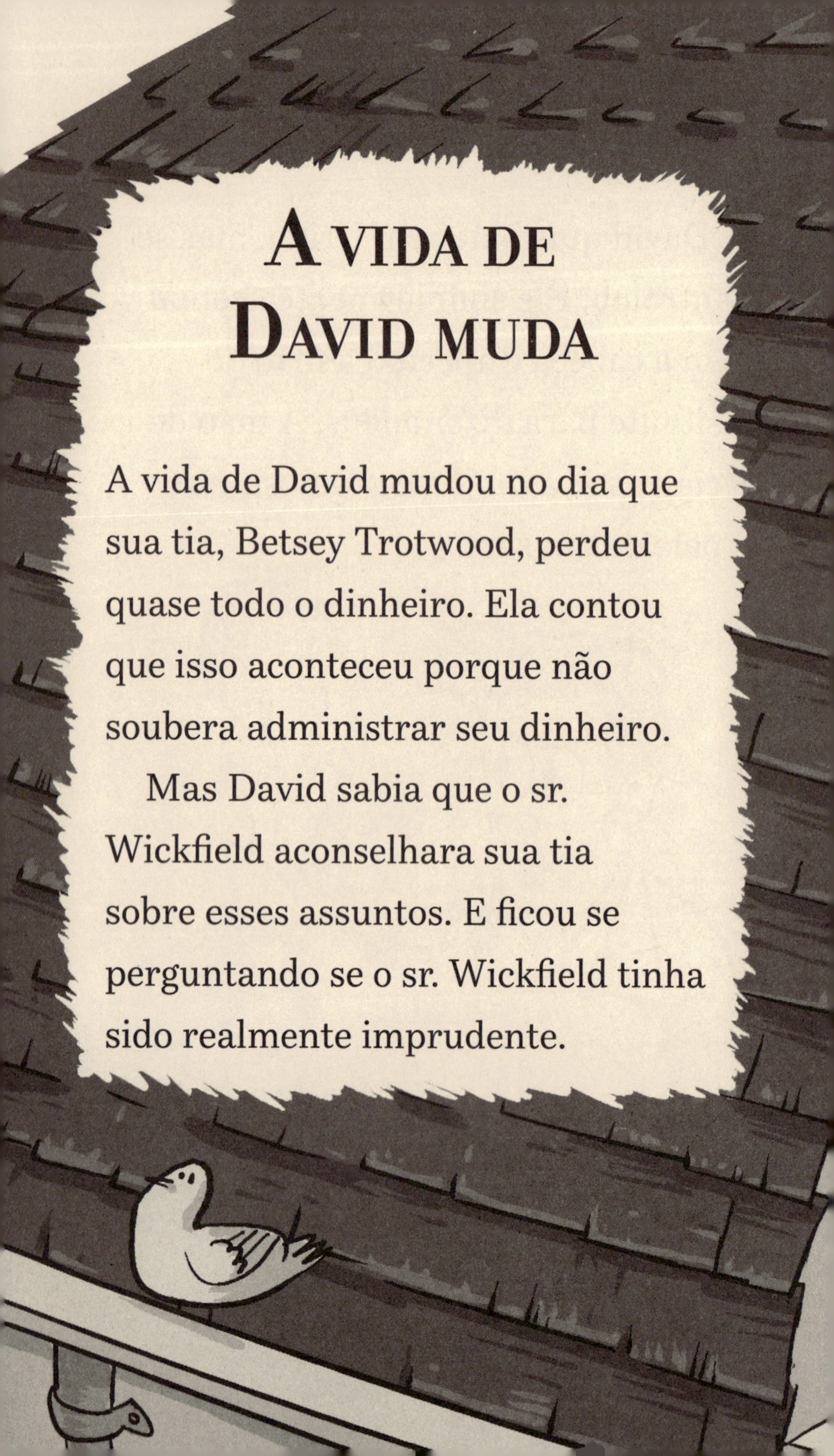

A VIDA DE DAVID MUDA

A vida de David mudou no dia que sua tia, Betsey Trotwood, perdeu quase todo o dinheiro. Ela contou que isso aconteceu porque não soubera administrar seu dinheiro.

Mas David sabia que o sr. Wickfield aconselhara sua tia sobre esses assuntos. E ficou se perguntando se o sr. Wickfield tinha sido realmente imprudente.

A tia Betsey era muito gentil para culpar alguém por sua má sorte. Ela foi forçada a deixar sua pequena casa à beira-mar e passou a dividir o quarto com David em Londres.

David estava feliz por poder retribuir um pouco da bondade que sua tia tinha com ele. Mas, mesmo assim, não podia continuar trabalhando como assistente de advogado.

Ele sempre gostou de ler. Desde menino, ele mergulhava nas páginas de um livro para esquecer seus problemas. Na Salem House, ele até fez amigos contando as histórias que conhecia.

David passou a escrever.

Desta vez, ele não estava copiando palavras de outras pessoas de documentos legais, e sim escrevendo para si mesmo. Suas próprias palavras, suas próprias histórias. E ele mandou essas histórias para algumas revistas.

E várias delas foram publicadas. David passou a ganhar um pouco de dinheiro. No começo, as quantias ainda eram bem pequenas. Mas eram suficientes para que ele tivesse esperança no futuro.

Enquanto isso, Uriah Heep se intrometia ainda mais nos negócios jurídicos de Wickfield. Agora eles eram parceiros: Wickfield e Heep.

O sr. Wickfield sempre dizia a David como era grato por ter Uriah como sócio. Mas David percebeu como a voz do velho ficava monótona e vazia quando ele dizia isso. E notou também como Uriah encorajava o sr. Wickfield a beber mais do que devia. Agnes não teve como impedir

Uriah. Ela via como seu pai parecia enfeitiçado.

Uriah e sua mãe se mudaram para a casa dos Wickfields. Quando foi visitá-los, David sentiu que mãe e filho eram como dois morcegos vampiros gigantes pairando sobre o lugar.

Por outro lado, David ficou feliz ao ver o sr. Micawber mais

uma vez em Canterbury. A sorte finalmente os juntou.

A boa notícia era que o sr. Micawber agora estava empregado como assistente em um escritório de advocacia. Mas a notícia não tão boa era que ele estava trabalhando para Wickfield e Heep.

O sr. Micawber não comentou nada, mas David não achava que o amigo gostasse de Uriah Heep.

Na verdade, David achou que o sr. Micawber parecia realmente muito infeliz. E não podia dizer nada, é claro, porque ele e sua família precisavam do salário que Uriah lhe pagava.

Em uma noite de luar, David estava andando nos arredores de Canterbury. Há pouco tempo tinha acabado de publicar um livro que estava vendendo muito bem. As pessoas estavam começando a falar dele.

Uriah alcançou David durante a caminhada. Ele apertou sua mão com os dedos úmidos e suados.

— Que prazer em vê-lo, sr. Copperfield — começou ele.

David não disse nada.

— Eu, que sou uma pessoa tão simples e humilde, me sinto especial por estar com alguém como você, que tem tido tanto sucesso como escritor. — Uriah fez uma pausa. — Eu, que não sou ninguém, mas tenho lá alguma influênica... — continuou ele.

David sabia que Uriah estava falando da influência que exercia sobre o sr. Wickfield, o sr. Micawber, Agnes e provavelmente outras pessoas.

David olhou para o rosto de Uriah ao luar. Parecia o de uma raposa: afiado e astuto, com olhos brilhantes.

E, naquele momento, David sentiu que Uriah nunca usaria sua esperteza e influência para fazer o bem. Ele não desistiria até que acabasse com o sr. Wickfield e tivesse Agnes para si.

Uriah Heep é desmascarado

David recebeu, certo dia, uma carta do sr. Micawber pedindo que ele e sua tia Betsey o encontrassem em Canterbury em alguns dias.

A carta falava de fraudes e mentiras, e todo tipo de coisas horríveis. Também mencionava Uriah Heep.

David não tinha certeza sobre o que o sr. Micawber estava falando, mas era óbvio que seu amigo estava preocupado com alguma coisa.

David e sua tia foram ao escritório de Wickfield e Heep. O sr. Micawber

fingiu estar surpreso com a chegada deles.

— O sr. Wickfield está em casa? — perguntou David.

— Ele está de cama, doente — disse o sr. Micawber —, mas a srta. Agnes

ficará feliz em vê-los. Vou anunciar sua chegada a Uriah Heep.

O sr. Micawber mal conseguia dizer o nome de Uriah. Ele escancarou a

porta de uma sala vizinha e anunciou em voz alta:

— Srta. Trotwood e sr. David Copperfield.

Uriah Heep estava escrevendo algo na escrivaninha, sentado na cadeira

do sr. Wickfield. Uriah levantou o rosto.

— Bem — disse ele —, esta é realmente uma visita inesperada.

Uriah coçou o queixo ossudo com a mão. Seu olhar era de desconfiança.

— As coisas mudaram neste escritório, não é verdade, srta. Trotwood? Desde quando eu ainda era um humilde assistente e cuidava de seu pônei — comentou Uriah. Ele deu um sorriso estranho.

— As coisas podem ter mudado, mas você é a mesma pessoa que sempre foi, sr. Heep — disse a tia Betsey.

Uriah não sabia o que pensar. Foi um elogio? Ou um insulto?

O sr. Micawber estava parado em frente à porta.

— Pode ir, Micawber — disse Uriah. Mas o sr. Micawber não se moveu.

— O que você está esperando? — perguntou Uriah, impaciente. — Micawber! Você não me ouviu dizer que pode sair?

— Sim — respondeu o sr. Micawber, ainda sem se mexer.

— Então, por que você ainda está aí? — disse Uriah.

— Porque eu decidi ficar — respondeu o sr. Micawber.

— Se você não fizer o que eu digo, terei que me livrar de você — disse Uriah. — Eu sou seu patrão, você sabe, Micawber.

— Não, você é um homem desonesto e um vilão! — disse Micawber.

As palavras explodiram da boca do sr. Micawber. David poderia dizer que o amigo estava ansioso para colocar isso tudo para fora há um bom tempo.

Uriah se levantou da cadeira do sr. Wickfield. Ele se contorcia como uma cobra. A essa altura, Agnes Wickfield tinha aparecido. A sra. Heep também entrou na sala. Ela estava prestes a falar, mas Uriah disse rispidamente:

— Segure sua língua, mãe. Eu vou lidar com essa gente.

Os olhos de Uriah passaram de David para tia Betsey, depois para o sr. Micawber e, finalmente, para Agnes.

O sr. Micawber tirou várias folhas de papel do bolso.

— Aqui está uma lista de seus crimes, Heep, seu patife...

Uriah fez menção de pegar os papéis. Mas o sr. Micawber pegou uma régua da mesa e bateu na mão de Uriah. Parecia que a régua tinha batido numa tábua.

O sr. Micawber leu em voz alta.

— Uriah Heep, eu o acuso de se aproveitar deliberadamente do sr. Wickfield quando ele se encontra cansado e confuso.

— O sr. Wickfield é um velho bêbado! — disse Uriah. Toda sua pretensão de parecer humilde tinha desaparecido.

Agnes Wickfield respirou fundo. David estendeu o braço para confortá-la. O sr. Micawber continuou:

— Você enganou seu patrão para que ele assinasse papéis importantes fingindo que não eram importantes. Você pediu dinheiro para os negócios, mas depois pegou o dinheiro para você.

— Prove isso, seu tolo! — disse Uriah.

— Você já teve um caderno, um caderninho preto, não teve, Heep? — perguntou o sr. Micawber.

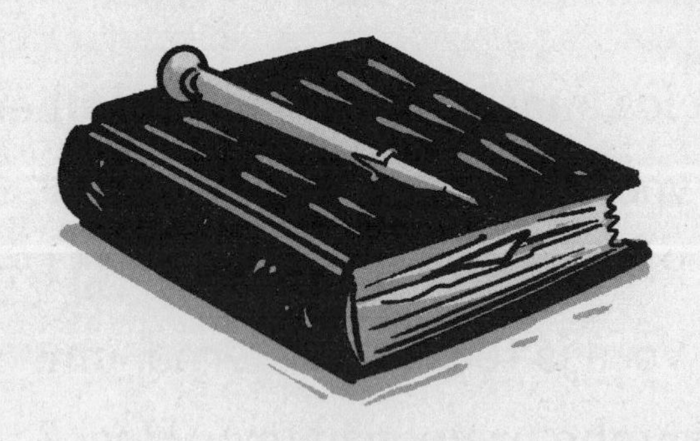

David se lembrou daquele caderno preto. Pela primeira vez, Uriah pareceu preocupado.

— E daí se eu tinha um caderno assim, Micawber? Ele não existe mais, só sobraram as cinzas.

Nessa hora, o sr. Micawber tirou o caderno de outro bolso.

— Eu o resgatei da lareira da sua antiga casa. O caderno está um pouco destruído e queimado, mas ainda dá para ler. Todos os seus segredos e trapaças estão escritos aqui. Por exemplo, se eu abrir nesta página...

O sr. Micawber mostrou o caderno aberto para David, Betsey e Agnes.

— Você verá que esse vilão praticou a assinatura do sr. Wickfield. Várias e várias vezes, até que a falsificação ficasse quase perfeita. Tudo para que ele pudesse assinar cartas e documentos em nome do sr. Wickfield.

— Uriah Heep vem enganando o próprio patrão. Ele roubou dinheiro do patrão. Tudo o que ele quer é poder!

A essa altura, Agnes já estava chorando.

Uriah Heep ficou encurralado. Ele teria fugido da sala se os outros não tivessem bloqueado o caminho.

Pela primeira vez, a sra. Heep abriu a boca e falou:

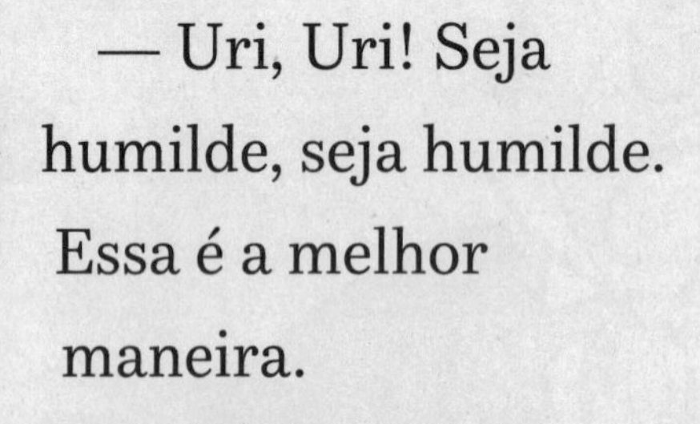

— Uri, Uri! Seja humilde, seja humilde. Essa é a melhor maneira.

— Quieta, mãe — sussurrou Heep. — Chega de ser humilde.

Ele olhou para David e disse:

— Copperfield, sempre o odiei. Você sempre esteve contra mim.

— Você é que sempre esteve contra o mundo inteiro — respondeu David.

Muito mais aconteceu. Uriah Heep deveria ir para a prisão, mas, em vez disso, David e o sr. Micawber o libertaram, em troca da devolução de todo o dinheiro e das propriedades que ele tinha tirado do sr. Wickfield.

Descobriu-se também que Uriah tinha enganado a tia Betsey. Ela achava que o sr. Wickfield é que tinha perdido o dinheiro dela.

Por ser bondosa, não tinha falado nada. Mas Uriah estava por trás de tudo! Com seu dinheiro de volta, tia Betsey pôde voltar para sua casa.

Agora que Uriah não estava mais presente para enganá-lo, o velho sr. Wickfield começou a se recuperar lentamente.

O sr. e a sra. Micawber decidiram deixar a Inglaterra de vez. A família viajou para a Austrália na esperança de ser bem-sucedida naquele país.

Finalmente, as coisas correram bem para os Micawbers. O sr. Micawber se tornou um magistrado, querido e respeitado pelas pessoas ao seu redor.

As coisas também correram bem para David Copperfield. Ele escreveu cada vez mais livros e ficou famoso.

David não estava sozinho em seu sucesso. Ele e Agnes Wickfield se tornaram muito mais do que melhores amigos: apaixonaram-se e logo se casaram. E foram muito felizes juntos, muito mais felizes do que David esperava um dia ser. Agora ele poderia dar a seus próprios filhos a infância feliz que desejara quando menino.

Charles Dickens

Charles Dickens nasceu na cidade de Portsmouth (Inglaterra), em 1812. Como muitos de seus personagens, sua família era pobre e ele teve uma infância difícil. Já adulto, tornou-se conhecido em todo o mundo por seus livros. Ele é lembrado como um dos escritores mais importantes de sua época.

Para conhecer outros livros do autor e da coleção *Grandes Clássicos*, acesse: www.girassolbrasil.com.br.